COPAINS des CABANES

La cabane d'anniversaire

Création graphique de la couverture : Anne-Cécile Ferron

170 bis, boulevard du Montparnasse, 75680 Paris cedex 14
ISBN : 978-2-410-02225-4
Loi 49-956 du 16 juillet 1949 sur les publications destinées à la jeunesse.

Marie Mazas • Joëlle Passeron

COPAINS des CABANES

La cabane d'anniversaire

Belin Jeunesse

ANAËL

NOUR

AÏDA
ET SON CHAT IDALF

PAPI
PAULO

1

Toute la journée, le soleil brûlant a cogné contre mes volets fermés. Ce soir, dans ma chambre, il fait aussi chaud que dans un four à pizza !

Allongée sur mon lit, ou plutôt collée à lui tellement je transpire, j'essaie de ne plus bouger un orteil, de ne plus remuer un cil. Ce n'est pas si facile. Surtout quand on a comme moi un tempérament de feu !

Ce qu'il me faudrait, c'est un circuit de

refroidissement. Il paraît qu'il y en a dans les centrales nucléaires pour refroidir la vapeur qui sert à produire l'électricité.
Je ferme les yeux. Hier, mon ami et voisin Anaël m'a raconté que dans le Sahara, pour supporter la chaleur, mes ancêtres berbères portaient de longs vêtements sombres et buvaient du thé chaud. Comment faisaient-ils ? Rien qu'à les imaginer, de grosses gouttes dégoulinent dans mon cou.
Le désert me fait penser au sable et le sable aux copains partis en vacances. Mes copains qui ont sûrement passé une merveilleuse journée à la plage à bronzer et à s'empiffrer de glaces délicieusement glacées.
– C'est pas juste…
Mais chut ! je ne dois pas réveiller ma petite sœur de quatre ans, Leila, qui dort juste à côté.

Elle ronfle légèrement dans son sommeil, c'est trop mignon.
Pour la troisième fois en cinq minutes, je vérifie l'heure sur le téléphone portable de mon frère Nassim. 21 h 49.
J'ai prétexté un message à envoyer à une copine pour le lui emprunter. En vrai, j'attends un signal. Le signal d'Anaël.

Cet été, nous sommes tous les deux coincés dans notre immeuble HLM. Lui, parce que ses parents infirmiers sont partis en mission avec une association de médecins en Égypte et l'ont confié à son grand-père.
Moi, parce que nous n'avons pas beaucoup d'argent à la maison en ce moment et que les vacances, ça coûte cher.
Quand papa et maman nous l'ont annoncé, je voyais bien qu'ils étaient désolés.

– On se rattrapera l'année prochaine, Nour chérie, m'a rassurée maman. Quand j'aurai fini ma formation et trouvé un meilleur travail.

– Et moi, a enchaîné papa avec son sourire ne-t'en-fais-pas-ma-puce-j'assure, je suis sûr que mon nouveau spectacle sera un grand succès !

Mes parents nous adorent et font de leur mieux pour que nous ne manquions de rien. Leur bonne humeur et leur courage semblent inépuisables. Alors, on a essayé de faire contre mauvaise fortune bon cœur : Nassim, qui a seize ans, s'est trouvé un boulot d'été sur un chantier, et Ahmed se consacre à sa passion, le code informatique. Mais moi, qu'est-ce que je peux faire ?

Je réfléchis sur mes doigts à mes options :

1. (ongle rose) Bouder tout l'été (j'adore ça mais, à la longue, on s'ennuie),
2. (ongle violet) Réviser et préparer le programme de CM1 (la déprime !),
3. (ongle bleu) Imaginer un plan d'évasion...

Bzzz... Le portable de Nassim m'interrompt. Nouveau message :

Papi Paulo a la tête dans les carrés noirs.

C'est le signal. Aussitôt, j'efface le sms pour que Nassim ne se doute de rien, puis j'enfile un short et des tongs – il paraît que ça ne se fait pas de débarquer chez les gens en pyjama. Je passe la tête par la porte du salon où mes parents somnolent devant une série télé et je souffle, toute crème :

– Ma petite maman, ne t'inquiète pas, je descends voir si la carte postale de mes copains est arrivée…

Et je disparais dans l'escalier avant qu'elle ne s'étonne : aller chercher le courrier à cette heure ? Et puis, qui écrit encore des cartes postales ? Tandis que mes tongs volent de marche en marche, je prie : pourvu qu'Anaël ait un plan pour sauver notre été !

2

Quand Anaël m'ouvre, je m'engouffre telle une tornade dans son salon où des masques africains grimaçants me dévisagent sévèrement.

– Anaël, le réchauffement climatique va beaucoup trop vite : il faut qu'on déménage au pôle Nord !

Un doigt sur les lèvres, il recule pour me laisser entrer.

– Moins fort, Nour. Papi Paulo s'est endormi sur ses mots croisés…

– Désolée, dis-je en jetant un œil sur la tignasse blanche penchée sur une grille de mots gribouillés au crayon de papier. Tu n'aurais pas des glaces ?

– Papi Paulo a oublié de faire les courses ce matin, m'explique mon copain. Il était en train de préparer son vélo pour son prochain voyage et, tu le connais, quand il a la tête dans le guidon…

– … plus rien n'existe pour lui !

Papi Paulo, c'est le grand-père d'Anaël. Un vieux bonhomme rigolo qui s'occupe de mon copain quand ses parents s'envolent à l'autre bout du monde pour aider des gens qui manquent de tout, et surtout de soins. Un passionné de vélo qui sillonne la France en tous sens sur son increvable Peugeot.

Je me laisse tomber sur le canapé et essuie la sueur qui perle sur mon front.

– Si seulement tu avais des poils qui reflètent le soleil comme les fourmis sahariennes ! Tu sais qu'elles peuvent supporter jusqu'à 90 °C ?
Je fais la moue, agacée.
– C'est malin de me raconter ça. Bon, on doit absolument trouver une idée *extraordinaire* pour les vacances. L'école n'est finie que depuis une semaine, et je tourne déjà en rond comme une lionne en cage !
Anaël hausse un sourcil.
Des idées extraordinaires, il en a plein la tête. Comme traverser le désert avec les Touaregs, descendre une rivière en packraft, apprendre le chinois, étudier les modes de vie des animaux…
D'ailleurs, il proteste régulièrement contre le temps qu'il perd en classe. Si ça ne tenait qu'à lui, il explorerait la nature en toutes saisons car il en est sûr, la nature et les animaux ont des

choses bien plus importantes à nous apprendre que les livres de grammaire et de maths.

– Eh bien… Des idées, j'en ai un paquet, mais je ne crois pas qu'elles vont te plaire.

– Je ne te parle pas de tes *grandes* idées. Juste une petite pour me sauver la vie cet été.

Anaël refait sa queue de cheval. Ça l'aide à réfléchir.

Il a entendu mon SOS. Il imagine sans peine qu'avec mon caractère bouillonnant, rester coincée avec mes parents et mes trois frères et sœur dans notre petit appartement, tout l'été, c'est le cauchemar assuré.

Soudain, il prend un ton de conspirateur.

– Et si on allait faire un tour ?

– Maintenant ? T'es fou ou quoi ? Il fait déjà nuit. Mes parents vont me tuer !

– Tu te rappelles que j'ai quelque chose à te montrer ? Si tu veux savoir ce que c'est, il faut sortir pendant que papi Paulo dort à poings fermés.

Mon copain a piqué ma curiosité. Impossible de lui résister ! Et puis je lis un air de défi au fond de ses yeux. Pas question de me défiler !

– D'accord, mais je dois quand même prévenir mes parents.

J'attrape le crayon de papier de papi Paulo et je griffonne sur un Post-it® :

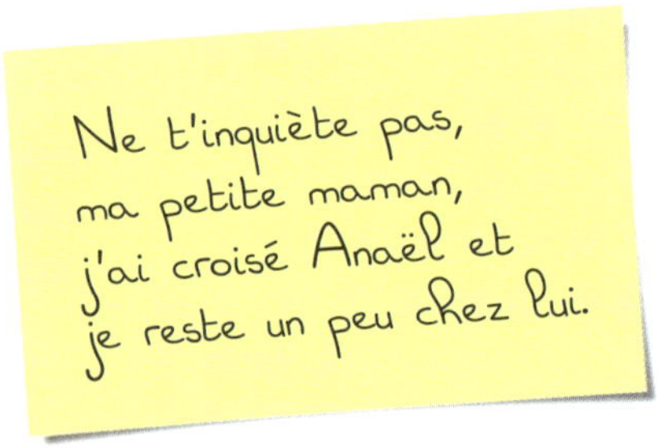

Avant de me dégonfler, je grimpe à toute vitesse les deux étages et glisse le message sous la porte de notre appartement.

Je redescends la cage d'escalier à pas de loup. Je n'ai aucune envie de me faire attraper comme lorsque je grignote en cachette des fraises au marché ! Soudain, la minuterie s'arrête et me voilà plongée dans l'obscurité. Je pousse un léger cri. Une main s'est posée sur mon bras !

– Chut, c'est moi, fait la voix d'Anaël. Suis-moi.

Il m'entraîne jusqu'à la porte métallique du local à poubelles et la referme sans bruit derrière nous. Dans l'obscurité, ça sent les épluchures en décomposition.

– Pouah, je gémis. On est où ? Dans un compost géant ?

– Attends, j'allume.

Un néon blafard grésille un instant. Sous la lumière verte, Anaël ressemble à un fantôme qui aurait mal au cœur. Pourtant, il me présente fièrement un drôle de truc tout cabossé.

– Tada ! Je te présente le secret de papi Paulo !
– C'est un vélo, ça ? Non mais t'as vu dans quel état il est ?
– Papi Paulo compte le retaper pour mon anniversaire. Je l'ai entendu discuter au téléphone avec le monsieur du Bon Coin à qui il l'a acheté. En attendant, il va nous permettre de mettre à exécution mon plan de ce soir !

– Et tu comptes enfourcher cette bécane avec sa roue ovale et son guidon de travers ? Ça ne t'a pas suffi de passer trois jours à l'hôpital quand tu as voulu essayer son vélo de course dont les freins avaient lâché ?

– T'inquiète, j'ai vérifié les freins, cette fois. C'est pas un bolide, mais il tiendra le coup.

Devant mon air hésitant, ce fourbe attaque mon point faible : mon amour-propre.

– Bon, Madame fait sa princesse ou quoi ? Si tu veux prendre l'air, c'est maintenant ou jamais !

3

Deux minutes plus tard, nous roulons cahin-caha, Anaël en danseuse et moi sur la selle, les bras serrés autour de sa taille. Même si notre bolide se traîne à la vitesse d'un escargot, un peu d'air frais se soulève à notre passage. Cette brise tiède me paraît délicieuse. Et malgré la selle cabossée qui me fait mal aux fesses, je sens ma mauvaise humeur de la journée s'envoler.

– Où on va, Anaël ?

– À l'aventure, princesse !

Les étoiles commencent à illuminer en pointillés le ciel. C'est drôle comme notre petite ville paraît plus jolie décorée ainsi. Le cœur battant, je chuchote :

– Tu t'es déjà baladé dans le quartier la nuit ?

– Non, c'est la première fois.

J'ai des frissons partout. L'excitation, sans doute !

– On va jusqu'à la rivière ?

– Yeees !

Dans un horrible grincement métallique, nous dévalons la pente. Je crie à moitié de joie, à moitié de peur, tandis que notre tas de ferraille zigzague et s'emballe.

Anaël se penche sur le guidon, deux dos-d'âne nous secouent violemment, puis les pneus s'enfoncent dans la terre sableuse du chemin qui mène à la rivière. Tranquille, l'eau glougloute et cascade, accompagnée par le chant des crapauds.

Anaël s'allonge sur la petite plage de galets et respire à pleins poumons la brise légère.

– On devrait dormir ici au lieu d'étouffer dans nos chambres.

– T'as déjà dormi à la belle, toi ? je demande en m'allongeant près de lui, les yeux perdus dans les étoiles.

– Une fois. Avec papi Paulo.

– Tu n'as pas eu peur ?

– Ben, non. On faisait du camping et…
– Ahhh ! je crie en apercevant deux ombres sur le chemin.
– Zut, souffle Anaël. Je crois que c'est la maîtresse et son chéri. S'ils nous voient, on est mal. Ils risquent de cafter.
Nous regardons à droite, à gauche. Par où détaler ?
Les amoureux nous barrent la route.
Anaël me fait de grands signes silencieux. Sans un bruit, il saisit la fourche du vélo et moi la selle, et on file à l'autre bout de la plage.
On escalade péniblement quelques rochers et on se faufile dans les fourrés. Nous voilà pestant au milieu des ronces qui nous griffent les jambes. Nous rejoignons un sentier discret qui serpente plus loin entre des pavillons.

Dans la nuit qui s'épaissit, on pédale un moment à l'aveuglette. L'air devient électrique et des silhouettes étranges s'agitent comme si des fantômes se réveillaient à notre passage.

– J'en peux plus, souffle Anaël. Faut que tu descendes. T'es trop lourde.

– C'est ça, dis tout de suite que je mange trop !

– Mais non, c'est juste que...

– Chut ! écoute...

Un grondement roule au loin, suivi d'un Z aveuglant dans le ciel. Le vent se renforce brutalement et les étoiles s'éteignent une à une.

– Un orage ! On n'a vraiment pas de chance...

Pile à cet instant, j'aperçois une ombre imposante.

– Là ! Une maison en chantier. On n'a qu'à se protéger sous l'auvent.

Au moment où les premières gouttes glissent dans mon dos, un coup de tonnerre assourdissant résonne. À la lueur d'un éclair, je vois Anaël bondir hors de notre abri et courir sous la pluie.

– Eh ! Où tu vas ?

Le tonnerre recouvre mon cri. Terrorisée à l'idée de rester seule, je cours à mon tour. Anaël a rejoint une palissade en bois. Il a passé la tête par un trou. Et lorsqu'un nouvel éclair éblouissant zèbre le ciel…

– Regarde ! me souffle-t-il, un sourire mouillé jusqu'aux oreilles.

Quelques minutes plus tard, nous voilà lancés dans notre habituel concours d'adjectifs. Comme chaque fois qu'il nous arrive un truc chouette.

– Fantastique !

– Féerique !

– Mirifique !

Trempés de la tête aux pieds, nous poussons notre vélo dégoulinant sur le chemin du retour.

– Tu as vu ces grands arbres ?

– Et ces belles herbes qui se balançaient dans le vent ?

– Et tout cet espace pour jouer ?

Bon, je vous explique. Par le trou dans la palissade, on a assisté à un spectacle incroyable : sur un grand terrain abandonné, des arbres majestueux, entourés d'une couronne de plus petits, dansaient sous les bourrasques. Tout autour, des graminées, illuminées par les éclairs, fouettaient la nuit de leurs longues tiges et de leurs plumeaux blancs. C'était beau comme un ballet, étrange comme un paysage lunaire.

Nos pieds humides glissent dans nos tongs et font flic floc dans les flaques, tandis que nous approchons de notre immeuble. Nous sommes plus mouillés que des chiens errants, mais nos yeux brillent : nous venons de découvrir un véritable trésor

– Eh ! s'exclame Anaël. Je vais enfin pouvoir réaliser mon rêve : construire une cabane !

– Une cabane ?

– Mais oui ! Ça sera un lieu rien qu'à nous, caché dans la ville, où on pourra se réfugier et inventer mille jeux.

– Anaël, tu es un génie ! Grâce à toi, on va passer de merveilleuses vacances...

4

Mes parents se sont endormis devant la télévision. J'essaie de me faufiler sans bruit jusqu'à ma chambre. Raté ! Je me prends les pieds dans le tapis et heurte le canapé. Réveillés en sursaut, ils hurlent quand ils voient à quelle heure je rentre. Et trempée comme une baleine en plus !

Ils se doutent aussitôt qu'avec Anaël nous avons traîné dehors et leur inquiétude les rend furieux.

Heureusement, ils ne peuvent pas me priver de grand-chose puisque nous sommes coincés chez nous pour les vacances. Je laisse passer quelques jours pour que les choses se calment avant de leur proposer un marché. En échange d'aider à la maison le matin, maman accepte que je passe tous mes après-midis avec Anaël. Elle nous croit sous la bonne garde de papi Paulo. Sauf que papi Paulo est tellement occupé par les préparatifs de son prochain voyage à vélo qu'il est ravi de nous laisser nous débrouiller. Et puis, il pense qu'à notre âge on a besoin de grand air et d'aventures, pas d'être tenus en laisse comme des caniches ! Il n'a posé qu'une seule règle à notre liberté : que nous ne nous éloignions pas du quartier.
Pour ses dix ans, Anaël a reçu, comme prévu, le vélo que papi Paulo a retapé en secret.

J'ai échangé un sourire complice avec mon copain lorsqu'il a déchiré le papier cadeau. Et nous avons pris notre air le plus surpris pour nous extasier. C'est vrai qu'il a fait du beau boulot, papi Paulo. Les deux roues sont de nouveau rondes comme des lunes pleines, le pédalier ne grince plus, et la selle en cuir toute neuve semble inviter à sauter dessus. En bonus, papi Paulo a ajouté :

- un mini-rétroviseur «pour surveiller les fous du volant»,
- une jolie sonnette «pour avertir les fous du volant»,
- et un panier avant «pour aller me chercher mon journal et mes mots croisés».

À nous la liberté ! Maintenant, tous les après-midis, après avoir passé un moment avec papi Paulo, nous l'abandonnons à ses cartes et filons – Anaël à vélo et moi à trottinette – dans notre

repaire secret… de l'autre côté de la palissade ! Nous savons que nous dépassons la limite que nous a fixée papi Paulo, mais impossible de résister ! Nous nous sommes mis d'accord pour lui en parler… bientôt.
De mortellement ennuyeuses, mes vacances sont devenues terriblement excitantes.

Aujourd'hui, Maman m'a demandé de m'occuper de Leila, pendant qu'elle aidait Nassim à coder un labyrinthe en langage informatique.
Quand j'ai enfin pu descendre, papi Paulo m'a dit qu'Anaël était déjà sorti. Alors j'ai sauté sur ma trottinette pour le rejoindre. Mais, arrivée à la palissade en bois, une surprise m'attend. Le trou est barré par plusieurs planches en bois clouées ! Je laisse tomber ma trottinette, dépitée. Qui a

condamné l'accès à notre merveilleux terrain de jeux ?
– Psst, fait une voix étouffée. Mot de passe, siouplaît.
– Hein ?
Un rire moqueur que je connais bien éclate derrière la palissade.
– C'est malin, Anaël ! Allez, ouvre-moi, dépêche.
Aussitôt, les planches pivotent et je passe avec ma trottinette. Je me redresse avec un cri de plaisir.
Sous le soleil, lavé par la pluie de ce matin, notre terrain brille de mille feux. Les grands arbres déploient leur feuillage. Les graminées étincellent.
À l'aide de la forme de leurs feuilles et de l'atlas botanique d'Anaël, nous avons identifié deux espèces : chêne vert et érable

de Montpellier. Autour d'eux, des pommiers, des noisetiers, mais aussi des cerisiers et un poirier promettent de savoureux goûters.

– Ce serait quand même cool d'avoir un mot de passe, tu ne trouves pas ? insiste Anaël.

– « *Le vent qui hurle en moi ne pense plus à demain* » ?

– Quoi ? *La Reine des neiges* ?

– Tu préfères « *Tire la bobinette* » ou « *Montrez patte blanche* » ? *La Reine des neiges*, c'est à prendre ou à laisser !

Anaël laisse tomber. Quand je suis remontée comme un coucou, il sait que rien ne sert d'insister.

– Bon, si tu veux. Tu as réfléchi à la forme de notre cabane ?

– Toute la nuit ! Tu crois que papi Paulo serait d'accord pour nous prêter sa tente de bivouac ? On pourrait accrocher le toit en hauteur pour s'abriter et installer dessous une palette avec un tapis et des coussins. Confort trois étoiles garanti !

– Mouais... fait Anaël avec une petite moue déçue.

– Tu as une meilleure idée peut-être ? je dis, vexée.

– Peut-être, répond Anaël avec un clin d'œil en tirant quelque chose de lourd de son sac à dos. Regarde, j'ai emprunté à la bibliothèque un livre sur les cabanes.

Il ouvre l'épais volume et se lance dans de grandes explications :

– Tu vois, il y en a de toutes sortes : des cabanes éphémères ou des cabanes vivantes qui durent plusieurs années. Des cabanes en perches, en palettes, en carton, en tissus, en torchis... On peut leur donner différentes formes : en hutte, en tipi...

– Euh… ce n'est pas un peu compliqué à faire ? On n'est pas des architectes non plus !
– T'inquiète ! Tout est bien expliqué : les plans, les outils et le matériel nécessaires… Regarde, j'ai recopié celle qui me plaisait le plus en simplifiant deux ou trois choses. Qu'est-ce que tu en penses ?
Et là, sous mes yeux, je vois apparaître une adorable cabane avec son toit penché, sa rambarde et sa terrasse. Une petite échelle permet d'y accéder. Je remarque tout de suite son système de cordes et de poulies auquel je ne comprends pas grand-chose mais qui semble indiquer qu'on va bien s'amuser.
– Elle est fantastique, Anaël !
– Maintenant, il faut que tu me jures de ne rien dire à personne. Notre plan doit rester top secret !

5

Le problème avec les secrets, c'est que c'est difficile à garder. Surtout avec une ancienne maîtresse d'école habituée à démasquer les cachotteries de ses élèves. Il ne faut pas longtemps à Aïda, notre voisine du quatrième, pour avoir la puce à l'oreille.

Comme tous les mercredis, on prend avec elle un thé à la menthe – très très sucré. Après avoir discuté de choses et d'autres (la santé de son chat Idalf, le piteux état de ses plantes écrasées par la chaleur…), elle nous observe un moment en silence, puis lâche, les sourcils froncés :

– Tous les deux, vous me cachez quelque chose ou je ne m'appelle plus Aïda !

Gênés, on s'agite sur nos chaises.

– Allons, vous savez bien que vous pouvez tout me dire.

Touché. C'est vrai, Aïda – malgré ses 76 ans, ses rides et son air sévère – est une des rares adultes qui nous parle d'égal à égal. Elle nous connaît depuis que nous sommes nés et nous a toujours dit : « Ce n'est pas l'âge qui compte, c'est le cœur ! »

Je lance un coup d'œil à Anaël. Je n'ai pas envie de mentir à notre amie. Lui non plus, j'ai l'impression. Je décide de lui faire confiance.

– Tu sais garder un secret, Aïda ?

– Quelle question ! répond la vieille dame d'un air blessé. J'en garde plusieurs depuis de longues années et personne n'a eu à se plaindre que je sache !

– Ne te fâche pas, intervient Anaël. C'est juste que papi Paulo et les parents de Nour ne sont pas au courant et qu'on a peur d'avoir des ennuis s'ils l'apprennent.

– Ça, c'est toujours le risque quand on cache des choses, affirme Aïda avant d'enchaîner, l'œil pétillant : mais les secrets rendent la vie plus excitante, non ?

Nous hochons la tête, bien d'accord avec elle.

– Alors, voilà…

Et je lui raconte tout depuis le début. Fidèle à son habitude, Aïda m'écoute jusqu'au bout sans m'interrompre. Quand j'ai fini, elle demande, l'air songeur :

– Et vous dites qu'il se trouve où, ce terrain ?

– Près de la rivière. Entre la dernière maison du nouveau lotissement et le parking de la supérette. Il est caché par une palissade.
Le visage d'Aïda s'anime soudain.
– Est-ce qu'il y a un verger et une rangée de jeunes noisetiers au bord de la rivière ?
– Oui, répondons-nous en chœur. Mais comment le sais-tu ?
– Nom d'une corne de gazelle ! Vous n'auriez pas pu mieux choisir ! Vous avez envahi le terrain de cette vieille Huguette !
Nous nous regardons, interloqués, incapables de décider si Aïda est furieuse contre nous ou contre cette mystérieuse Huguette.
Très agitée, Aïda se lève pour attraper une boîte en fer sur l'étagère. Elle en sort un tas de cartes postales et de vieilles coupures de journaux. Enfin, elle en brandit une fièrement.

– Regardez ! Dites-moi qui est la plus belle sur cette photo ?

Sur le cliché noir et blanc un peu jauni par le temps, je distingue un podium et trois jeunes filles en maillot de bain dessus. Un titre accrocheur : « Trois beautés à couteaux tirés » et une date : 5 juillet 1962.

Sur la deuxième marche du podium, une brunette lance un regard noir à sa voisine sur la plus haute marche, une jolie blonde qui

rayonne. Anaël regarde la photo, Aïda, puis de nouveau la photo.
– Mais c'est toi, là ! Waouh !
– Et voilà votre Huguette, peste Aïda sans prêter attention au compliment qui perce dans la voix d'Anaël.
– Mais que s'est-il passé ? je demande.
– Ce jour-là, l'Algérie a déclaré son indépendance. Et comme vous le savez peut-être, la France et l'Algérie, à l'époque, c'était compliqué[1]... Bref, j'aurais dû être élue reine de beauté de la Méditerranée, mais c'est Huguette qui a été choisie, répond notre vieille amie avec une pointe d'amertume dans la voix.
– Tu as gagné d'autres concours, après ?

1. Entre 1954 et 1962, une guerre a opposé l'État français aux Algériens qui souhaitaient l'indépendance de leur pays. L'Algérie était alors une colonie française.

– Je ne me suis plus jamais représentée. Vous croyez que j'avais envie de subir une nouvelle défaite parce que j'étais née en Algérie, non en France, et donc du mauvais côté de la Méditerranée ? Depuis, Huguette et moi, on ne s'est plus jamais parlé.
– Mais elle n'y était pour rien ? fait prudemment remarquer Anaël.
Aïda le foudroie du regard.
– Si. On était amies et elle n'a pas eu un mot pour me défendre quand le jury a décrété que finalement, je n'étais pas assez française.
Je vois bien que la vieille dame semble souffrir encore de cette ancienne blessure, malgré les années qui ont passé.
Anaël, lui, a déjà d'autres préoccupations en tête.
– Bon, mais tu sais où elle vit, Huguette ? J'espère que ça ne la dérange pas qu'on

joue sur son terrain. Il faudrait peut-être lui demander son accord, tu ne crois pas ?

Un silence.

– Vous avez raison, les enfants. Voici son adresse. Allez, je ne vais pas laisser mes vieilles histoires gâcher votre aventure !

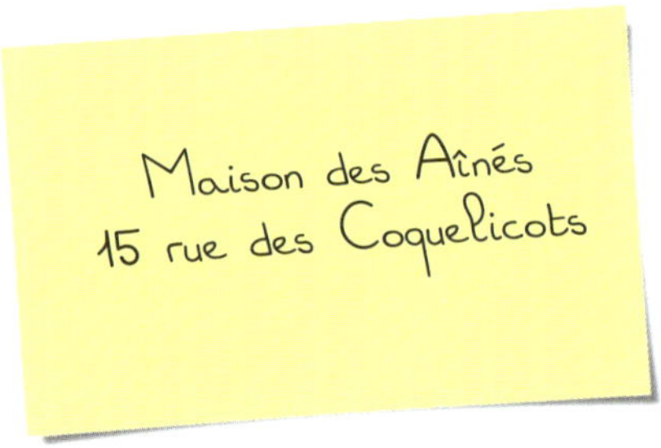

6

Aïda nous avait prévenus qu'Huguette avait un sacré caractère... Pourtant, quand Anaël et moi sonnons ce matin à l'accueil de la maison de retraite où la vieille dame vit depuis quelques années, nous ne nous doutons pas de ce qui nous attend.
Un jeune homme enjoué nous conduit jusqu'à sa chambre. Il nous a pris pour ses petits-enfants et nous n'avons pas osé lui dire la vérité.

– Je ne savais pas qu'Huguette avait de la famille. C'est super de passer la voir ! Vous savez, elle ne reçoit jamais de visite et s'ennuie terriblement. Mais elle a toujours toute sa tête, rassurez-vous.

Avant qu'il ait le temps de poursuivre, Anaël intervient :

– On est juste de passage pour les vacances. En fait, Huguette nous connaît à peine. Mais on a quelque chose de très important à lui demander.

Tout au bout du couloir qui sent l'eau de Javel, notre guide nous désigne la porte numéro 24.

– Voilà sa chambre.

Et il disparaît sans un bruit.

Intimidés, nous échangeons un regard hésitant avant de toquer. Comment Huguette va-t-elle nous recevoir ?

Je prends une grande inspiration et je frappe deux petits coups.
Une voix tonitruante répond :
– Ah, ce n'est pas trop tôt ! Une fois de plus, ce n'est pas un café que vous m'avez servi mais du jus de chaussettes sales !
Anaël me serre la main et nous entrons avec l'impression de nous jeter dans la gueule du loup.
Allongée sur un lit médicalisé, une dame toute frêle vêtue d'une chemise de nuit en dentelle nous regarde d'un air sévère.
– Qu'est-ce que vous fichez là, vous ? Je n'ai pas demandé d'animation, ce matin !
– Nous venons de la part d'Aïda, commence doucement Anaël.
J'admire le calme de mon copain. Certains le croient timide ou fier, alors qu'en fait il prend le temps d'observer la situation avant

de se lancer. Là, on dirait qu'il a vite compris à qui nous avons affaire.

– Aïda ?! rugit Huguette avec étonnement. Je ne connais pas d'Aïda.

Anaël lui tend alors l'article de presse du concours de beauté. Huguette ajuste ses lunettes, regarde la photo, hausse les épaules avec un mélange de colère et de regret.

– C'était il y a longtemps.
– Oui, dit Anaël, mais Aïda ne vous a pas oubliée. C'est notre voisine et c'est elle qui nous a parlé de vous.
– Elle m'en veut ? demande Huguette.
Anaël hésite. Mais il ne faut pas laisser passer l'occasion. Je réponds à sa place :
– Oui, un peu, c'est vrai. Mais elle dit aussi que le passé, c'est le passé.
– Alors pourquoi êtes-vous ici ? reprend la vieille dame avec méfiance.
– On a un service à vous demander. On aimerait utiliser votre terrain près de la rivière. Pour jouer.
– Hors de question ! s'emporte Huguette en se redressant d'un coup. Je ne veux pas que des petits voyous saccagent mes fleurs.
– Vos fleurs ? répétons-nous, surpris. Huguette semble confuse. Elle passe une

main sur ses yeux comme pour balayer de vieux souvenirs. Elle soupire.

– Excusez-moi, les enfants. Je suis parfois un peu perdue. Je n'ai plus de famille. Donc j'imagine qu'après mon départ, personne ne s'est occupé de mes chères fleurs.

Nous la pressons de questions et Huguette, sa méfiance envolée, nous raconte son histoire de bon cœur. Passionnée de fleurs, elle faisait pousser des roses qu'elle vendait à des parfumeurs. Pour son plaisir, elle collectionnait de nombreuses variétés anciennes.

– Je cultivais aussi de la lavande et du jasmin. Vous n'en avez pas vu ?

Nous secouons la tête... sans lui avouer que nous ne savons pas reconnaître ces plantes.

– Désolés. Mais nous pourrions aller vérifier !

Nous lui expliquons alors comment nous avons découvert son terrain et lui parlons de notre projet de cabane.

Huguette nous écoute avec un intérêt grandissant. Une lueur de malice brille désormais dans ses yeux.

– Les enfants, j'ai un marché à vous proposer : je vous prête mon terrain à une condition.

– Laquelle ? demandons-nous, pleins d'espoir.

– Que vous fassiez revivre dans mon jardin la merveilleuse *Rosa centifolia* !

7

– La *Rosa centifolia*, surnommée « rose aux cent feuilles », est une rose précieuse et fragile au parfum exceptionnel qui doit être récoltée le jour de son éclosion en mai.

Penché sur son atlas botanique, Anaël écarquille les yeux de surprise.

– Tu te rends compte, c'est avec cette variété que les parfumeurs créent leur célèbre eau de rose.

– Ah, soupire papi Paulo en relevant le nez de son magazine de vélo. Ça me rappelle ta grand-mère, Anaël. Elle glissait toujours deux gouttes de «Rose de mai» dans son cou avant de sortir.

– Tu sais où on peut en trouver un pied ?

Papi Paulo hausse un sourcil étonné.

– Je connais ta passion pour les animaux. Tu t'intéresses aux fleurs, maintenant ?

Je vole au secours de mon ami.

– Aïda nous a demandé de l'aider à se procurer cette magnifique rose.

Je m'en veux de mentir, même un tout petit peu, mais avec Anaël nous nous sommes mis d'accord : il vaut mieux attendre d'avoir l'accord définitif d'Huguette pour utiliser son terrain avant de raconter à papi Paulo où nous passons nos après-midis. Et pour ça, il nous faut absolument la *Rosa centifolia* !

Papi Paulo sourit, attendri : je crois bien qu'il en pince un peu pour notre voisine.

– Si c'est pour Aïda…

Saisi d'un doute, il demande quand même :

– Mais que va-t-elle faire d'un rosier buissonnant dans son petit appartement ?

Au moment où j'ouvre la bouche, Anaël me donne un coup de coude et répond :

– En fait, Aïda veut l'offrir à une amie.

– Ah, je comprends. Bon, réfléchissons. J'ai entendu dire qu'il y a demain un marché aux fleurs. Nous n'avons qu'à y faire un tour !

Le lendemain, nous arpentons, tout excités, les étals aux fleurs pimpantes. Cosmos, sauges, verveines, bleuets, fuchsias, cœurs-de-marie, lavandes, pavots, soucis… c'est un festival de couleurs.

Abasourdis, nous découvrons qu'il existe une multitude de variétés de roses.
Ses lunettes rondes chaussées au bout du nez, papi Paulo déchiffre les étiquettes. Hélas ! après avoir vérifié et revérifié, nulle trace de *Rosa centifolia* !
– Désolé, les enfants, ce n'est pas ici que nous allons la trouver.
Devant notre air dépité, il tente de nous réconforter.
– Ne vous inquiétez pas, Internet sait tout sur tout ! Il suffit de lui demander.
Une heure plus tard, tout en nous régalant de délicieuses tartines au miel, nous voilà devant son ordinateur. En quelques clics, papi Paulo mène une enquête éclair.
– Et voilà ! Il suffit de commander un pied à ce producteur de rosiers d'exception. Nous le recevrons dans quelques jours.

De joie, nous lui sautons au cou.

– Merci, papi Paulo ! C'est Hu… euh… Aïda qui va être contente !

8

L'esprit léger, nous nous lançons dès le lendemain dans les travaux pratiques de notre cabane. Tout l'après-midi, nous débattons, calculons, mesurons pour choisir son emplacement.

Sans hésiter, nous avons décidé de la surélever tel un vaisseau volant. En plus d'être classe, une cabane à deux mètres du sol aura l'avantage, par temps humide, de ne pas se retrouver les pieds dans la boue.

Les chênes l'emportent sur les érables : leur bois est plus solide et leurs branches basses feront un cadre parfait pour supporter le plancher. Quant aux noisetiers, ils nous fourniront de belles perches bien droites.
Il nous faudra juste veiller à couper leurs branches bien proprement pour qu'ils cicatrisent facilement.
– Tu vois, j'indique à Anaël en lui montrant le croquis que j'ai dessiné sur mon carnet,

entre les branches basses de ces deux chênes, nous pouvons installer un plancher de deux mètres sur trois mètres. Il nous faudra couper quelques branches. Comme ça, on aura la place de circuler debout partout. Là, l'échelle pour grimper. Ici, une poulie pour monter le matériel.

Mordillant son crayon, Anaël approuve de la tête.

– Super. Mais il vaut mieux que la pente du toit soit côté nord, pour que l'eau ne ruisselle pas et pour mieux nous protéger du froid l'hiver. Si tu déplaces la terrasse côté sud, on pourra s'y réchauffer l'hiver, et le feuillage nous fera de l'ombre l'été.

Je prends une nouvelle feuille et entreprends de refaire le plan selon ses indications.

Ensuite, nous faisons le point sur les outils dont nous allons avoir besoin pour couper, tailler et assembler : des couteaux de poche, une scie, une masse, une hachette, un mètre, un escabeau, de la corde, de la ficelle…

– Comment on va faire pour trouver tout ça sans trahir notre secret ? s'inquiète Anaël.

Je réfléchis une minute.

– Commençons par faire le tour des voisins : Elena, la couturière qui habite en face de chez toi, Adrien, le menuisier sur mon palier. On n'aura qu'à leur dire qu'on construit un décor pour un spectacle. Et bien sûr, Aïda !

– Bonne idée. J'emprunterai aussi la caisse à outils de mes parents. Papi Paulo ne devrait pas remarquer son absence.

Soudain, mon copain se frappe le front.

– Zut, on allait oublier le plus important !

– Et qu'est-ce que c'est ?

– En premier, nous devons nous assurer que les arbres ne sont pas malades. S'ils sont infestés de parasites, ils seront affaiblis et risquent de se coucher à la première tempête. Notre pire ennemi s'appelle le capricorne !

Nous observons l'état de l'écorce, à la recherche de la moindre petite bête dont la simple présence suffirait à ruiner notre rêve.

– Là, un insecte ! je crie, paniquée.

– C'est un gendarme, Nour, me gronde gentiment Anaël. Le capricorne, lui, est noir avec des antennes plus longues que son corps. Mais le plus dangereux, c'est sa larve, elle ressemble à un gros ver de terre blanc. S'il creuse des galeries dans le bois, on est foutus.

Finalement, après avoir minutieusement regardé partout, il conclut :

– Les arbres ont l'air en bonne santé.

– Ouf !

9

Tout le week-end, je bous d'impatience. Impossible de m'échapper avec Anaël pour démarrer la construction de notre cabane. Maman nous a préparé un « vrai week-end en famille ». Devant la bonne humeur générale, j'essaie de suivre le conseil que maman ne cesse de me répéter : « Quand les choses ne te conviennent pas, ma chérie, parfois il faut juste apprendre à les regarder différemment. »

Le samedi soir, pendant le barbecue chez tonton Mehdi, je rejoins les grands qui s'occupent du feu. L'air de rien, j'observe et j'apprends. On commence par mettre le petit bois, puis on ajoute les branches et enfin les bûches en formant une pyramide qui laisse l'air circuler. On allume et on souffle sur les braises à la base du feu pour le faire grandir.
À table, je m'assois à côté de mon frère Nassim et je lui demande de me raconter comment ça se passe sur son chantier de charpentier. Il est un peu étonné au début, mais ses yeux brillent de plaisir tandis qu'il m'explique la qualité des différents bois ou la différence entre une cheville et un chevron…
– Qu'est-ce que tu peux me raconter sur le chêne ? je demande.
– Le chêne a un bois très dur et très résistant dont on s'est servi longtemps pour construire

les navires et les cathédrales. Tu savais que la charpente de Notre-Dame de Paris qui a brûlé était en poutres de chênes vieux de plus de 800 ans? On la surnommait «la forêt» tellement elle était immense et exceptionnelle. J'espère qu'on arrivera à la reconstruire.
À la lueur des bougies, je commence à somnoler, bercée par le récit de mon frère. Je sens à peine les bras de papa me transporter dans la voiture puis dans mon lit.

Le dimanche, nous partons tous pique-niquer à la rivière. Après une bonne bataille d'eau avec mes frères, nous décidons de construire un radeau. Rien de bien compliqué, juste quelques branches légères de châtaigniers attachées les unes aux autres.
Avec son couteau de poche, papa coupe les perches vertes en nous rappelant qu'il ne

faut pas prendre de bois mort, trop cassant. Leila et moi, on les aligne côte à côte sur les galets. Ahmed peste en regardant sur son téléphone le tutoriel pour apprendre à faire un nœud de chaise.

Avec Nassim, on rigole.
– J'aimerais bien vous y voir. Allez, Nour, puisque tu es si maligne, vas-y, montre-nous ce que tu sais faire !
Je le défie du regard, démarre la vidéo, me concentre. Je répète : « Le serpent sort du puits, tourne autour de l'arbre et retourne dans le puits » tout en formant la boucle, puis en glissant dedans la corde.
– J'ai réussi ! je m'exclame, ravie.
– Bravo, Nour ! lance papa. Tu es douée.
Quelques minutes plus tard, avec de grands cris de joie, nous poussons tous les quatre le radeau à l'eau.
Leila trône dessus avec fierté et nous salue telle une reine égyptienne, avant de sauter dans les bras de maman.
Quand Nassim se hisse à son tour, le radeau tangue un peu mais tient bon. Je lui tends

une branche en guise de rame. Au moment où il se met debout pour ramer, le radeau bascule sans prévenir et le projette à l'eau sous les éclats de rire.

– Eh, Nassim, tu t'es pris pour un gondolier vénitien ou quoi ? le taquine Ahmed.

– La prochaine fois, on apportera des chambres à air pour qu'il flotte mieux !

10

Le lundi, mon déjeuner avalé à toute vitesse, je file jusqu'au terrain d'Huguette, mon sac rempli des « bricoles qui peuvent toujours servir » qu'Aïda m'a généreusement données : seau, pinces et corde à linge, gants de vaisselle, peinture…

Quand je murmure : « *Le vent qui hurle en moi ne pense plus à demain* », mon copain apparait aussitôt, un crayon glissé derrière l'oreille et ses cheveux en bataille. D'un air solennel, il me fait une révérence tandis que je franchis le seuil de notre petit paradis.

– Enfin te voilà ! Ce week-end, je n'ai pas arrêté ! D'abord, avec papi Paulo, on a été voir son copain ferronnier pour construire une remorque à l'arrière de mon vélo. On a imaginé les plans ensemble, soudé, bricolé tout en mangeant du pain et du saucisson, c'était génial !

Effectivement, son vélo est métamorphosé. À l'arrière, il tire désormais une magnifique remorque faite de tubes en inox qui jettent des éclats de lumière au soleil.

Je n'ai pas le temps de m'émerveiller qu'Anaël poursuit, en désignant un tas de planches et d'outils :

– C'est pratique, ça m'a permis de récupérer des choses utiles sur le chantier d'à côté.

– Mais, on a le droit ?

– On est des aventuriers ou pas ? Et puis qu'est-ce que ça peut faire quelques palettes et quelques planches de plus ou de moins sur cet immense chantier ? Je suis presque sûr que ça allait être jeté à la déchetterie.

– OK, OK, ne t'énerve pas, je demandais juste.

– Bon, on a quand même un petit souci : pour le moment, on n'a pas suffisamment de planches ni pour la plateforme ni pour le toit.

– J'ai la solution ! je m'écrie. Pour la plateforme, on n'a qu'à récupérer le radeau que mes frères ont construit hier au bord de la rivière et pour compléter le toit, je vais coudre de grandes voiles dans le tissu qu'Elena m'a donné.

– Bonne idée !

Armé de sangles et de sa remorque, nous descendons à vélo jusqu'à la petite plage où je me suis baignée avec mes frères. Tiré sur les galets, le radeau est toujours là. Un éclair d'admiration passe dans les yeux de mon copain.

– Joli travail ! On l'embarque !

Installer le radeau sur la remorque n'est pas une mince affaire. Il est très grand et il nous faut le sangler comme on ficelle un saucisson pour être sûrs qu'il ne bascule pas.

Transpirant à grosses gouttes, nous poussons notre attelage jusqu'à la palissade. Puis nous détachons le radeau et le portons à bout de bras sur les derniers mètres.

Épuisés, nous nous laissons tomber à l'ombre et sirotons en silence la grenadine que j'ai apportée.

Les mains croisées derrière la tête, je m'allonge sous l'érable. J'admire sa couronne de feuilles finement ciselées se découper, vert sur bleu. Les hirondelles filent comme des flèches dans le ciel. Avec leurs *vit vit* stridents, elles ont l'air tellement heureuses de voler !

Je ferme les yeux pour écouter les différents bruits de notre jardin : grillons, abeilles,

bourdons et bêtes inconnues s'en donnent à cœur joie sous le soleil de juillet. J'adore déjà cette petite musique de la nature que je ne connaissais pas il y a seulement quelques jours.

Brisant la magie de l'instant, Anaël saute sur ses pieds et s'écrie :

– Bon, on s'y met ?

L'heure de vérité est arrivée : maintenant, il s'agit de construire ! J'hésite un peu : dans quoi nous sommes-nous lancés ? Je n'ai jamais fait de bricolage, moi ! Mais

Anaël rassemble déjà ses outils. Je me lève à mon tour et attrape la scie d'Adrien. Avec ses dents aiguisées, elle n'a pas l'air commode. Soudain, je me rappelle le conseil du menuisier : « N'oublie pas de te protéger les mains ! » Je balaie du regard notre tas d'outils. Ce qui ressemble le plus à une protection, ce sont les magnifiques gants en caoutchouc rose d'Aïda. Ignorant le sourire moqueur d'Anaël, je les enfile et lui lance :

– Prête, mon capitaine !

11

Au début, notre plan se déroule comme sur des roulettes. Nous scions quatre rondins bien solides pour former le cadre de notre plancher. Ensuite, je les fixe à l'arbre avec un nœud de chaise et nous posons les planches en travers. Jusque-là, tout va bien !
Seulement maintenant, on a besoin d'être plus haut pour hisser le radeau. Je tente de grimper dans l'arbre. J'ai beau être super forte en gym, mes baskets glissent sur

l'écorce et je ne récolte que de vilaines égratignures. On retourne le problème dans tous les sens, mais sans échelle, impossible de poursuivre notre construction !

– Laisse tomber, Anaël, on n'y arrivera jamais. Il nous faudrait la potion de Panoramix ou la force d'Obélix.

– Obélix, Obéli… murmure Anaël, comme pris d'inspiration. Mais oui, tu as raison ! Viens, Nour ! Je sais où il y a une échelle !

Je lui lance un regard surpris. Quelle mouche le pique ?

Sans une explication, mon copain m'entraîne par le trou de la palissade jusqu'à la maison voisine. D'un doigt, il me fait signe de me taire, me montre une camionnette OBÉLIE TRAVAUX et quelque chose qui brille dans le soleil.

Adossée à un mur, ses deux pieds plantés dans la terre, il y a une échelle ! Sur le toit,

un ouvrier s'active. Anaël ne l'a pas vu. Sans réfléchir, il bondit, commence à soulever l'échelle et me fait signe de l'aider. J'essaie de le retenir, de lui expliquer avec de grands gestes qu'il y a quelqu'un là-haut. Sauf qu'Anaël est têtu. Il insiste, je tire en sens inverse, l'échelle oscille à gauche, à droite, hésite, avant de nous tomber dessus ! Surpris par le fracas, des oiseaux s'envolent en piaillant.

– Mais c'est pas vrai ! rouspète une voix qui semble tomber des tuiles.

Je lève les yeux. L'ouvrier se penche, furieux. Il tente de comprendre ce qui s'est passé.

Cachés par l'avancée de la gouttière, nous retenons notre souffle. Par chance, l'échelle a basculé du bon côté sans nous écraser. En silence, Anaël m'indique qu'il vaut mieux déguerpir.

– On ne peut pas le laisser coincé là-haut ! je proteste à voix basse. Comment il va faire pour redescendre ?

Anaël fronce les sourcils, puis me fait signe de me débrouiller. Je m'avance hors de l'ombre.

– Excusez-nous, monsieur, on poursuivait un chat et nous avons bousculé sans faire exprès votre échelle.

– C'est vous qui bricolez dans le jardin d'à côté ? Vous avez eu de la chance de ne pas vous faire mal. On ne vous a jamais dit que ça porte malheur de passer sous une échelle ?

Il a l'air gentil, alors je me lance :

– Vous pourriez nous la prêter ?

– Vous rigolez ! J'en ai besoin, moi ! Allez, les enfants, remettez-la en place et laissez-moi travailler.

Déçus, nous obéissons et retournons tête basse récupérer nos affaires. De toute façon, il est l'heure de rentrer.

– Ne t'inquiète pas, me souffle Anaël à l'entrée de notre immeuble. Je suis sûr qu'on va trouver une solution. Allez, à demain !

Il a raison. Le lendemain après-midi, une surprise nous attend : une petite échelle en bois allongée sagement au pied du chêne. Dessus quelqu'un a collé un Post-it® :

Soyez prudents.
Pour que l'un touche les nuages,
l'autre doit rester les pieds sur
terre et bien la tenir.

Chris

Nous sautons de joie.

– Papa a raison : c'est important d'avoir de bonnes relations avec ses voisins… je dis avec un sourire.

En face, du haut du toit, l'ouvrier nous adresse un grand signe de la main.

Quelques jours, quelques ampoules et quelques courbatures plus tard, notre chantier a bien avancé : un toit protège le plancher de la pluie, et le radeau forme une jolie terrasse entourée d'une balustrade en perches de noisetiers. Anaël, qui est devenu incollable sur les nœuds, a réalisé une échelle de corde avec des barreaux pour monter dans la cabane. Il a également installé plusieurs poulies afin de hisser plus facilement ce dont nous aurons besoin pour jouer.

Avec l'appareil de mes parents, je prends quelques photos que nous montrerons à Huguette.

– Au fait, tu as demandé à papi Paulo de vérifier où en est la livraison du rosier ?

– Oui, mais le site indique toujours « expédition en cours ».

– C'est long ! Pourvu qu'il ne soit pas perdu.

– J'espère aussi qu'il plaira à Huguette, dit Anaël, légèrement inquiet.

Mon copain a raison, ce n'est pas gagné.

Pour chasser cette idée, je commence à réfléchir à la décoration. J'adore ça. Dans ma chambre, je change régulièrement de place mes meubles, et j'ajoute tout le temps des posters, des guirlandes, des attrape-rêves... Là, vu la chaleur, l'urgence, c'est d'installer les voiles de notre cabane volante.

Un matin, après avoir préparé le déjeuner avec papa, je demande à maman de m'apprendre à me servir de sa machine à coudre.

Parmi les tissus d'Elena, j'ai choisi un épais tissu rouge – ma couleur préférée –, il sera parfait pour résister aux rayons du soleil.

Patiemment, maman m'aide à découper le tissu aux bonnes mesures, puis me montre comment faire avancer la toile sous l'aiguille en appuyant sur la pédale.

– Doucement, mon impatiente, me répète-t-elle, ne te précipite pas ou tu vas piquer tout de travers.

Au bout d'un moment, elle me laisse me débrouiller.
Tel un moustique, Leila me tourne autour et me bombarde de questions pour essayer de découvrir ce que je fais.

– C'est une surprise… je réponds avec malice à chaque fois tout en essayant de maîtriser la vitesse de l'aiguille qui zigzague.

Maman, qui a passé la tête par la porte pour voir si je m'en sors, glisse :

– Tu fais bien des mystères, dis donc !

Gênée, je cache de mon mieux les égratignures qui pourraient me trahir, puis je fais mine de me concentrer sur ma tâche. Ça me démange de tout lui raconter, tellement je suis fière de ce que nous avons réalisé avec Anaël. Mais notre pacte est clair : tant que nous n'avons pas rempli notre part du contrat avec Huguette, il faut que je tienne ma langue !

12

Après le déjeuner, chargée de mes voiles rouges, je file jusqu'à notre cabane pour retrouver Anaël. Les attacher au-dessus de la terrasse n'est pas si facile tant elles sont grandes et lourdes. Perchés dans les branches, Anaël et moi rivalisons d'imagination pour les fixer à l'aide de cordelettes et de pinces.

Ça y est, notre cabane est enfin prête ! Ses voiles colorées, sa rambarde et son échelle, lui donnent fière allure.

Fous de joie, nous nous allongeons sur notre terrasse et retenons notre souffle. Une brise légère fait bruisser le feuillage et le soleil crée de magnifiques jeux de lumière.

Avec le plancher en bois et le tissu qui claque dans le vent, je me sens comme dans un bateau. Un bateau prêt à se lancer à l'aventure !

Anaël et moi, on se félicite lorsqu'un cri de fureur nous fige sur place :

– Ah, vous voilà !

Sa tignasse blanche en bataille et ses lunettes tressautant d'indignation sur son nez, papi Paulo vient de passer par le trou de la palissade que nous avons oublié de refermer.

– Je vous ai cherchés dans tout le quartier ! Je me suis fait un sang d'encre ! J'ai cru qu'une voiture vous avait écrabouillés ou que vous aviez sauté dans un train, ou pire…

Penauds, nous nous hâtons de descendre et de serrer papi Paulo dans nos bras pour le rassurer.

– T'en fais pas, papi, on va bien, bredouille Anaël.

– Comment vous avez pu me faire ça ? gémit-il. Nour, ta maman est passée à l'appartement pour te demander de rentrer plus tôt pour garder Leila et j'étais incapable de lui dire où tu étais. De quoi j'ai eu l'air, à votre avis ?

Il laisse planer un silence menaçant avant d'exploser de nouveau :

– D'un vieux schnoque qui se fait embobiner par deux mioches qui ne l'écoutent pas !

– On est désolés, je dis d'une petite voix.

– Oui, vraiment désolés, papi, fait Anaël.

– Et tout ça pour quoi ? Pour…

Pile à cet instant, papi Paulo relève la tête.

– … pour une cabane ! achève-t-il, le souffle coupé par l'étonnement.

Nous décidons de profiter de l'effet de surprise pour reprendre l'avantage.

– Surprise !

Papi Paulo a beau avoir trouvé notre cabane formidable, nous avons eu beau lui expliquer que nous attendions juste l'accord définitif d'Huguette pour lui en parler, il n'a pas décoléré de tout l'après-midi..

– Je vous ai fait confiance, moi, a-t-il râlé. Et vous, qu'avez-vous fait en retour ? Vous m'avez désobéi, vous m'avez caché des choses, vous m'avez menti !

– Ce n'était qu'un tout petit mensonge, ai-je tenté. Qu'est-ce que ça change que le rosier soit pour Aïda ou pour Huguette ?

– Là n'est pas la question, jeune fille, un petit mensonge, c'est un mensonge !

Même blessé, papi Paulo reste papi Paulo. Il ne nous a pas punis. Il s'est juste enfermé dans le silence et s’est plongé davantage dans ses occupations cyclistes. C’est presque plus dur qu’une vraie punition. En même temps, nous savons qu’il ne tient qu’à nous de réparer ce que nous avons fait.

Nous cherchons pendant plusieurs jours un moyen de nous faire pardonner, quand soudain Anaël s’écrie :

– Au fait, papi Paulo a 70 ans dans trois jours ! C’est l’occasion ou jamais de nous rattraper !

– Comment ?

Anaël fait et refait sa queue de cheval, à la recherche d’une idée.

– Je sais ! Et si nous lui organisions une fête à la cabane ? Imagine… Un anniversaire dans les arbres, sous les étoiles. Ça serait magique !

13

Aujourd'hui, la *Rosa centifolia* est arrivée. D'un rose tendre, ses fleurs s'épanouissent comme des pompons. Et quel parfum ! À la fois doux et sucré, il est tout simplement merveilleux.

Avec l'accord de papi Paulo, nous nous rendons à la maison de retraite pour annoncer la bonne nouvelle à Huguette. Pourvu qu'elle nous accueille mieux, cette fois ! Dès qu'elle aperçoit les fleurs, un sourire l'illumine.

Elle cache son visage dans les roses qu'elle respire profondément.

– Hum… quel bonheur !

Quand elle nous regarde, des larmes perlent au coin de ses yeux.

– Merci, les enfants, vous n'imaginez pas combien je suis heureuse.

Anaël s'empresse de lui dire que nous avons l'intention de planter le rosier dès que possible dans son jardin, mais elle l'interrompt en riant :

– Pas si vite, pas si vite ! On ne plante pas n'importe quand et n'importe comment. Je vais profiter de la floraison tout l'été dans ma chambre, et l'automne venu, je vous indiquerai comment le planter correctement, en plein soleil. Il faudra aussi choisir un jour où la lune est favorable…

– La lune ?

– La lune, oui, jeune demoiselle ! On plante lorsque la lune est descendante, c'est-à-dire lorsqu'elle se rapproche de la Terre. Car, à cette période, la lune agit sur la sève et aide la plante à bien s'enraciner.

– Incroyable !

Devant le sourcil froncé de mon copain, elle lève une main rassurante.

– Ne t'inquiète pas, Anaël. Vous avez déjà rempli votre contrat et, désormais, je vous donne carte blanche pour jouer sur mon terrain. Faites-en bon usage, c'est mon seul conseil !

– Euh, on doit vous avouer quelque chose… En fait, on a déjà commencé, et même terminé, de construire notre cabane.

Avant qu'elle ait le temps de nous reprocher quoi que ce soit, je sors l'appareil photo et fais défiler les images.

– Mais vous êtes sacrément doués ! s'exclame la vieille dame. J'espère qu'un jour je pourrai venir la visiter.

– Bien sûr ! on s'écrie en chœur.

Je lance un clin d'œil à mon copain : quel soulagement !

Pour fêter ça, je tire de mon sac une boîte de gâteaux.

– Cadeau d'Aïda ! j'annonce fièrement à Huguette.
– Ah ah, je les reconnais, des baklavas ! Aïda n'a pas oublié que ce sont mes pâtisseries préférées.
Et elle mord avec gourmandise dans les gâteaux dégoulinants de miel.
– Elle vous a aussi écrit un petit mot, dis-je en lui tendant une enveloppe.
Après nous avoir proposé de nous servir, Huguette essuie ses doigts tout collants et se concentre sur la lettre.
– Vous voyez, les enfants, dit-elle en repliant la feuille de papier, l'avantage d'être vieille, c'est qu'on sait mieux faire le tri entre ce qui est important et ce qui ne l'est pas. Et l'amitié, il n'y a rien de plus important !
Ce qu'Aïda a écrit restera entre les deux vieilles dames, mais Anaël et moi sommes heureux d'avoir participé à leur réconciliation.

Le lendemain, mercredi, je raconte à Aïda notre visite à Huguette. Anaël, lui, grignote du bout des lèvres son goûter, d'un air préoccupé.

– Tu avais raison, Aïda, soupire-t-il finalement. Les secrets, ça pimente la vie mais ça peut aussi apporter des problèmes.

Et il raconte à notre vieille amie nos ennuis avec papi Paulo.

– Et tes parents, Nour, tu leur as parlé ?

– Bien obligée, ils ont tout voulu savoir. Maman était furieuse qu'on n'ait pas demandé de l'aide aux adultes. Et si on s'était fait mal avec les outils ? Papa était surtout étonné de tout ce qu'on a entrepris. Je les ai entendus en parler hier soir, il a même dit qu'il était fier qu'on soit aussi débrouillards !

– Et qu'avez-vous prévu de faire pour papi Paulo ? demande Aïda.

– C’est là qu’on a besoin de toi, chère Aïda, répond Anaël, plein d’espoir. Pour nous faire pardonner, nous voulons organiser une fête surprise à la cabane pour ses 70 ans !

Aïda sourit.

– Ça me paraît une merveilleuse idée. Et quand est-ce ?

– Demain !

– Eh bien, il était temps que vous m’en parliez, les enfants !

14

Un rayon de soleil me picote la joue. Leila, debout sur une chaise, essaie d'ouvrir les rideaux.

Je me lève d'un bond.

– Attention, petite cascadeuse, ne va pas tomber !

Après l'avoir aidée à descendre, je file dans la cuisine avaler mon petit déjeuner. Je dois me dépêcher : aujourd'hui, nous avons mille choses à faire pour terminer la déco de notre cabane avant d'accueillir nos invités à 20 heures. Heureusement, Aïda nous a proposé de s'occuper du repas de fête. Pour le menu, elle a choisi de faire simple et léger : un gaspacho andalou, des boulettes de viande aux herbes et une grosse salade de pommes de terre. Le dessert reste un mystère…

Papa et maman, mis dans la confidence de la fête, ont accepté que je passe la matinée à la cabane avec Anaël. Papa m'a même déposée en camionnette devant la palissade tellement j'étais chargée.

– J'ai hâte de découvrir votre repaire secret. À ce soir, les enfants !

Trois heures plus tard, notre cabane ressemble à un vrai nid douillet. À l'abri du toit, j'ai disposé un tapis et des coussins.

Courant en zigzag entre les branches, des fanions et une guirlande lumineuse solaire lui donnent un air de guinguette. Sur une grande pancarte, j'ai peint le nom que nous avons choisi pour notre cabane :

De son côté, Anaël a installé son hamac au-dessus de la terrasse et ses jumelles pour observer les étoiles ce soir. Il a ajouté à l'entrée une clochette pour les visiteurs.

Nous terminons de ranger le bazar de planches et d'outils sous une bâche et faisons une dernière photo.

– Elle est belle, hein ? me lance Anaël.
– Plus que belle !
Pour ne pas éveiller les soupçons de papi Paulo, Anaël a décidé de passer l'après-midi avec lui.
Dans ma chambre, j'écris les noms des invités sur les gobelets en carton et je réfléchis à la disposition du buffet.
Vers 15 heures, j'entends la porte d'entrée claquer. Maman retire son foulard et lâche ses sacs de courses, tout en cherchant frénétiquement quelque chose.
– Tu as vu mon téléphone, Nour ?
– Sur la table de la cuisine, ma petite maman. Tu as l'air inquiète. Qu'est-ce qui se passe ?
– Aïda est tombée dans les escaliers. J'appelle les pompiers.
Je reste la bouche ouverte, abasourdie. *Notre Aïda ?*

– C’est grave ? je bredouille.

– Je ne sais pas, me souffle maman au milieu des explications qu’elle essaie de donner calmement aux pompiers.

Quelques minutes plus tard, nous entourons notre malheureuse amie dans la cage d’escalier.

Assise sur une marche, elle essaie de nous rassurer, mais je vois bien que son visage est tordu par la douleur.

– Je suis désolée, ma petite Nour. Je n’ai pas fini la cuisine pour ce soir. À cause de moi, votre surprise pour papi Paulo va tomber à l’eau. Je ne suis vraiment plus qu’un vieux château branlant, plus bonne à rien.

– Ne vous faites aucun soucis, Aïda, la rassure maman. Et surtout ne vous inquiétez pas, je me charge de terminer le repas de la fête.

Les pompiers arrivent rapidement. Ils allongent doucement Aïda sur un brancard. Direction les urgences de l'hôpital.

Très pâle, Anaël, qui nous a rejoints, me serre fort la main.

– Je ne supporte pas de voir les gens souffrir !

– Ne t'inquiète pas, lui souffle papi Paulo, visiblement très ému, lui aussi. Ils vont prendre soin d'elle. Elle sera vite de retour parmi nous !

15

– Incroyable !

– Mémorable !

– Inoubliable !

Les adjectifs fusent au fur et à mesure que les invités arrivent.

Dès 19 heures, nos voisins Elena et Adrien, qui aiment beaucoup papi Paulo, ont débarqué avec maman. Ils ont apporté les plats d'Aïda, avec quelques surprises en plus. Papa, Nassim, Ahmed et Leila les ont suivis.

LES PETITS VOISINS

Ensemble, nous avons installé le buffet sur une table improvisée avec des palettes. Puis nous nous sommes cachés derrière les arbres, en attendant l'arrivée du roi de la fête.

On s'est tu brusquement lorsque la voix d'Anaël a retenti derrière la palissade :

– Allez, papi, joue le jeu ! Je te bande les yeux.

Puis la voix faussement agacée de papi Paulo :

– Mais je vais me casser la binette sur mes vieilles gambettes ! Tu veux te débarrasser de moi ou quoi ?

On a retenu notre souffle, puis distingué leurs deux silhouettes qui s'avançaient.

Quand ils sont arrivés au pied des chênes, Anaël lui a retiré son bandeau et nous avons tous bondi de notre cachette en criant :

– Joyeux anniversaire, papi Paulo !

Surpris, il s'est figé sans savoir quoi dire.
À cet instant, on a entendu :
– Eh, mais il n'est pas aux normes handicapées, votre terrain !
Et le visage ridé d'Aïda est apparu à travers le trou de la palissade.
Elle a agité la main en signe de remerciement au taxi qui venait de la déposer.
– Vous en faites une tête ! Vous me croyiez déjà au cimetière ou quoi ? Je plaisante ! En tout cas, je vous recommande mon médecin. Quand je lui ai dit que je ne voulais rater pour rien au monde la fête de ce soir, il a été très efficace. Grâce à lui, dans quelques jours, je serai de nouveau sur pied.
Mes frères ont soulevé le fauteuil roulant pour le faire passer par-dessus la palissade.
Avec Anaël, je crois bien qu'on riait et qu'on pleurait en même temps.

Papi Paulo, rayonnant, s'est précipité pour lui donner le bras et Aïda a réussi à se lever et à faire quelques pas pour faire le tour de notre cabane. À présent, je la vois se pencher vers lui et lui glisser à l'oreille :
– Ils ne sont pas merveilleux, ces deux petits cachottiers ?

Papi Paulo hoche la tête avant de la raccompagner avec mille précautions jusqu'à son fauteuil.

Tandis que nos invités s'émerveillent devant notre cabane et nous donnent de grandes tapes dans le dos pour nous féliciter, nous nous approchons à notre tour.

– Papi, tu es notre VIP[1], ce soir. À toi l'honneur de visiter en premier notre cabane.

Au moment de poser un pied sur l'échelle, il semble hésiter comme s'il doutait de sa solidité. Et puis il s'élance, léger comme un jeune homme.

Bientôt, le voilà dans les branches. Tout le monde fait silence. Quelques secondes passent.

– Papi, tout va bien ? s'inquiète Anaël.

1. Signifie en anglais « *very important person* ». Se dit de personnes importantes, privilégiées.

Papi Paulo se penche à la rambarde. Il a l'air très très ému et ça nous fait chaud au cœur. Alors je crie :

– Joyeux anniversaire, papi Paulo !

Accompagnés de l'accordéon d'Elena, nous chantons tous en chœur.

Après le buffet, le gâteau – une délicieuse tarte au citron meringuée préparée par maman –, la nuit tombe peu à peu.

C'est au tour de papa et de mes frères de nous faire une petite surprise : un mini feu d'artifice !

Quand les premières fusées éclatent, Leila se serre contre moi. Je la prends dans mes bras pour la rassurer.

– Mets tes mains sur tes oreilles si ça fait trop de bruit.

Anaël a rejoint son grand-père sur la terrasse de la cabane. Je crois qu'il a des choses

importantes à lui dire ce soir. Qu'il veut le remercier d'être avec lui chaque fois que ses parents partent au loin et lui demander de rester avec lui encore de longues années.
Je regarde mes parents, mes frères qui se chamaillent et Leila qui essaie d'attraper un ver luisant dans ses petites mains.

Même si on ne part pas en vacances, cet été, on va passer de beaux moments ensemble ! Quand l'accordéon attaque les premières notes de la chanson préférée de papi Paulo, nous nous prenons tous la main. Dans une joyeuse farandole, nous dansons autour d'Aïda et de notre cabane. Notre refuge qui, protégé par les arbres comme par de bons vieux géants, se dresse sous les étoiles.

DANS LA MÊME SÉRIE

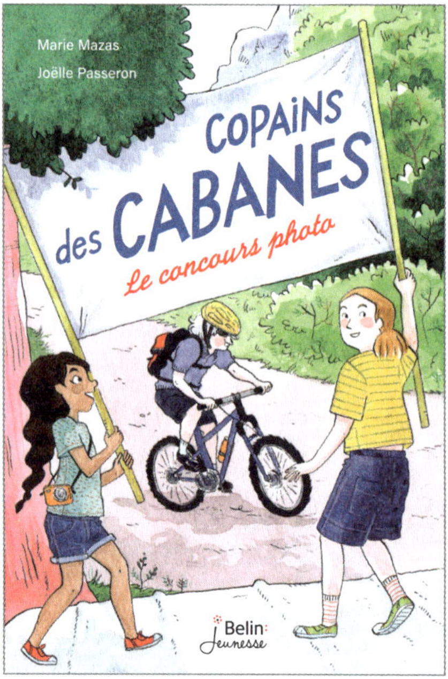

Le concours photo (tome 2)

Quand papi Paulo décide de préparer une incroyable course à vélo, Anaël et Nour sont prêts à tout pour l'aider à réaliser son rêve. C'est à bord du van de leur vieille amie Aïda qu'ils se lancent dans cette formidable aventure...

SI TU AS AIMÉ, TU AIMERAS

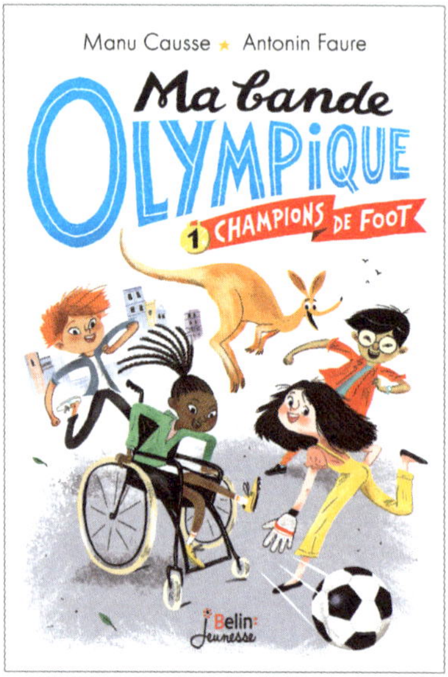

François, Camille, Max, Jean-Louis et Philou ont une passion : **LE SPORT** ! Sauf que le jour où ils squattent les pelouses du parc pour s'entraîner au **foot**, les ennuis commencent… Mais pour jouer ensemble, ils sont prêts à tout, même à fournir des efforts… olympiques !

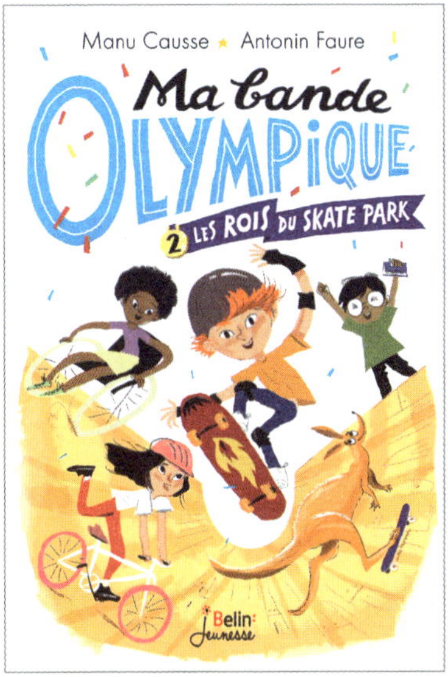

La Bande Olympique décide de s'essayer aux **sports de glisse** ! Ni une ni deux, ils improvisent un super skatepark… Mais voilà que François se fait repérer par un directeur sportif qui lui propose de rejoindre son équipe…

Imprimé en France par Aubin
N° d'imprimeur : 2101.0326 – Dépôt légal : avril 2021
N° d'édition : 41002225-1